그날이 없었더라면

• • •

프 롤 로 그

나는 태어남으로 인해 유를 얻었고, 나의 몸짓으로 인해 유를 새기고 있다. 타인에게 움직임으로 삶의 밀도를 선사하며 누군가의 마음 또한 움직이는 일을 행하고 있다.

이 세상 모든 아이는 세계의 총체이다. 그런 아이들도 시간의 흐름에 녹아들면 세속의 규칙에 편입된다. 나는 아이들이 현재를 살아가는 힘을 주고 싶다. 그들과 함께하는 시간 속에서 흐르는 땀이 그것을 증명해준다. 우리는 살아있는 존재들이니 움직일 수 있다. 아무것도 없이 그저 태어난 나의 육신으로 마음껏 표현하는 행위를 통해 자유로워질 수 있다는 것이 나의 확신이었다.

그런 내게 시는 순간적 다가옴이었다.

이제 나의 자아실현을 신체가 아닌 언어로 재편하고자 한다. 무대 위에서 느꼈던 말 못 할 설렘과 긴장감, 가슴 깊이 차오르는 그 무엇. 무용계에 종속하는 많은 사람은 말한다. 언어 그 이상의 표현은 몸으로 표현할 수 있다고. 사실 맞는 말이기도 하다. 예술엔 정답은 없고 받아들이는 자에 몫이 곧 예술의 가치실현일 테니. 하지만 시와 철학이라는 인생의 카오스를 맛본 후로는 움직임 그 이상의 간결하고 정돈된 나만의 언어를 갖는 것을 항상 동경해왔다. 그리고 지금, 그 에너지를 발산하고자 하는 욕망으로 가득 차 있다.

언어는 기억을 지배하는 힘이자 세상을 보는 나의 제3의 눈이다. 확장된 언어는 내가 보는 세계 역시 확장해준다. 내가 좋아하는 시인이 이런 말을 했다.

“마음의 눈이 뜨이지 않는 자에게는 언제나 큰 것 안에 작은 것이 들어있지만, 마음의 눈을 크게 뜨고 가만히 들여다보라. 반드시 작은 것 안에는 큰 것이 들어있는 것이다.”

시가 그것을 증명해주었고, 현재의 나를 확신하게 하는 힘이 돼주었다. 어떤 단어 하나도 감정을 들었다 놨다 한다. 하나의 문장에도 일상이 달라짐을 느껴본 사람은 공감할 것이다.

시는 내게 기쁨이자, 자기검열이자 세상의 처연함을 일깨워주었다. 나만의 단독성으로 언어의 무대에 다시 한번 오르는 일.

그 멋진 여행의 길잡이가 되어준 사랑하는 내 사람들에게 평생의 숙제로 감사함을 시로 전할 것이다.

언어가 남용되어 담론이 쉬어지기만 하는 이 험난한 세상을 살아가기 위해 나는 나의 언어로 시를 쓰고 또 쓸 것이다.

그날이 없었더라면

차례

2부

우리는 모두 우주

차
례

3부

불편한 세상, 살아남기

1부

유일무이

10

색연필에 없는 색

여기 새하얀 백지와
오색빛깔 색연필이 있다

어떤 색의 연필을 집어야
오로지 몰입할 수 있을까

어떤 색의 연필로 그려야
내가 '나'일 수 있을까

어떤 색의 연필로 칠해야
정의로워질 수 있을까

어떤 색의 연필을 택해야
집착하지 않을까

어떤 색의 연필로 지우면
의존하지 않을 수 있을까

어떤 색의 연필을 건네야
'어떤 색의 연필'에서 나올 수 있을까

이를 가만히 지켜보던
백지는 말한다

"시작은 언제라도"

自燈明 自歸依 (자등명 자귀의)

스스로 등불을 밝히고 스스로에로 귀의하여 스스로 의지하여라.

法燈明 法歸依 (법등명 법귀의)

진리의 등불을 밝히고 스스로에로 귀의하여 의지하여라. _붓다

붓다가 이승에서 마지막으로 남긴 말씀이다. 이 말과 함께 제자들에게 "게으르지 말고 정진하여라"는 말씀을 남기셨다. 이 세상에 태어나 나를 세우지 않으면 이 세상은 존재할 수 없다. 붓다의 철학 또한 나란 존재를 세우는 것으로 이 세상이 시작된다고 보았다. 이것은 고금의 진리이다. 색연필에 없는 색이라는 시가 이것을 증명한다. 모든 시작과 도전에 있어서 망설이고 주저하지 말라는 응원의 메시지를 담은 시다.

본질이란 무엇인가? 그것은 하나의 차이, 궁극적이고 절대적인 차이이다.[1] 들뢰즈 〈차이와 반복〉

한 사람의 본질은 '차이'이기 때문에 대체할 수 없다고 했던 철학자 들뢰즈.

들뢰즈 말처럼 우리는 각자의 궁극적이고 절대적인 차이를 지니고 있다. 사람들은 모두 다른 사람과 대체될 수 없는 고유성을

1) 질 들뢰즈, 서동욱, 이충민 옮김, (1997) 〈프루스트와 기호들〉 민음사, p72

지니고 있다. 그러나 주어진 'oo 색'의 사람으로만 살아가는 것 아닌지 모르겠다. 왜 타인의 시선을 의식하여 자신의 단독성을 잃어가는 것일까? 너무 오랜 시간 시작하기도 전에 포기하는 법을 배웠기 때문일까. 그래, 수동적 인간으로 길러진 탓일지도 모르겠다.

자, 이제는 저 너머의 색을 칠할 시간이다. 색연필에 없는 색으로 내 삶을 색칠하기를 바라며…

나는 한 번도 튤립 향기를 맡아본 적 없다네

'튤립'이
네덜란드의 상징이라고?
원산지는 터키라네

'황소 천 마리'는 팔아야
겨우 튤립 40개를 살 수 있었다고?
'투기의 대상' 되겠네

인간의 욕망이
그저 아름다운 한 송이 튤립을
황소보다 높은 가치로 부풀리고 있네

근데
그 '튤립'
나는 매일 만들면서 산다네

매일 아침, 저녁
미백크림 통 안에서
나의 손길로 꽃 피운 '튤립'은

그 가치를 더해 간다네

〈 저자의 실제 미백크림 바르다 발견한 나만의 튤립 〉

"자본주의에서는 욕망의 흐름이 끊임없이 다원화되지만, 그와 동시에 자본이라는 단일한 중심으로 초코드화 되어야 한다. 자본주의는 겉으로 개성을 강조하면서도 안으로 획일화를 추구한다. 텔레비전 광고가 그 점을 잘 보여준다. 광고에서는 독특하고 개성적인 디자인의 청바지라는 점을 강조하지만, 그 광고의 실제 목적은 똑같은 획일적 디자인의 청바지를 대량으로 판매하려는 데 있다.

… 생략 …

이런 자본주의 이중성은 자본주의 기계가 (욕망의) 극단적 다양화와 (자본의) 극단적 획일화가 공존하는 사회체임을 말해준다." [2]

수많은 꽃 중에 '튤립'이라고는 사본 적이 없다. 그저 4월이 되면 애버랜드에서 열리는 축제 정도만 알고 있을 뿐. 그러던 어느 날 우연히 튤립의 역사를 알고 나서부터 아름답기만 했던 꽃이 다르게 보였다. 네덜란드의 상징인 튤립의 원산지는 사실 터키다. 16세기 후반 유럽 전역으로 퍼졌는데 이색적인 모양이 관심을 끌며 귀족이나 대상인들 사이에서 크게 유행했다고 한다.

대유행을 따라 점점 가격이 치솟아 황소 천 마리를 팔아야 겨우 튤립 구근 40개를 살 수 있었다고 한다. 튤립만 있으면 벼락부자가 될 수 있다는 환상을 가진 사람들이 늘면서 급기야 투기의 대상이 되었다. 예나 지금이나 부와 신분 상승에 대한 욕망으로

2) 누구나 한번쯤 철학을 생각한다. 남경태 지음. (2017). 휴머니스트. p600

가득한 사회다. 그러나 그 욕망은 그 한 송이 튤립이 이루어 줄 수는 없는 노릇이기에 결국 허망함만이 맴돌 뿐이다.

인간은 욕망하는 기계라고 했던 철학자 들뢰즈. 자본주의에서 상품은 욕망을 충족시켜주는 물건이다. 자본주의는 끊임없이 관계에서 상대적 결핍을 느끼게 하고 사람들은 그 결핍을 충족해준다는 착각 속에 상품을 소비한다. 이처럼 자본주의는 끊임없이 결핍을 느끼게 해서 욕망을 다양하게 자극(다원화)하지만, 결국 같은 상품을 소비하게 함으로써 사람들을 획일화(초코드화)시킨다고 들뢰즈는 진단한 것이다.

그래서 들뢰즈는 사람들의 욕망이 획일화가 되면 위험하다고 진단했다. 자본주의 배치 속에서 자본을 증식하려는 획일화된 욕망은 들뢰즈가 보기에 욕망을 부정적으로 사용하는 것이다. 그래서 들뢰즈가 이야기한 욕망의 긍정적 사용법은 나만의 속도로 걷고 나만의 차이를 추구하며 하나의 삶에만 머무르지 않는 것이다. 이런 관점에서 쓴 시이다. 튤립의 향기도 맡아 본 적 없지만, 흔한 미백크림 안에서 나만의 튤립을 발견할 수 있기에. 이제는 나만의 생산, 그리고 나만의 차이를 만들어 보는 시간을 가져보는 것은 어떨까?

꿈의 해석

누구에게나
새벽은 공평한데
생각은 공평치 못하다

생각의 꼬리가 지나치던
그날 새벽 내내

한쪽 눈은 초점을 알 수 없는 듯 보고 있고
한쪽 눈은 흰자 가득히 위를 보고 있고
어디선가 그런 눈 하지 말라고 눈짓한다
한쪽 코는 계속 내쉬는데
한쪽 코는 연거푸 들이마시고
어디선가 콧방귀도 들려온다
한쪽 입은 매섭게 웃고 있고
한쪽 입은 무심한 듯 무표정
어디선가 씰룩쌜룩 입꼬리 친다

잠잠해질 찰나
잠이 오려 할 찰라
또 얼굴은 달걀형이었다가 시시각각 변한다
근데 사실 생각이 생각을 자꾸 변하게 하는 거라

꿈에서만 가능한 일이라 생각했던 게
찌푸려진 눈을 계속 감으려 애쓰던 게
미간 사이 주름만 깊어져 갈 뿐

누가 시킨 것도 아닌데
자꾸 그러고 있으니
나 편해지자고
꿈의 해석 정도로 해두자

꿈의 해석

무의식이 지배하던 밤이었다. 다시 말해, 의식과 무의식이 공존하는 시간. 누구에게나 수많은 경험 중 '하나의 사건'이라 말할 수 있는 시기가 있다. 내 인생 중 처음 접해보거나, 어떤 상황에 깊이 반성하는 일이나, 그동안 살아왔던 모든 가치관을 뒤흔들어 버리는 순간들이 그렇다.

30살이 되던 해, 우연히 철학이라는 학문을 접하게 되었다. 그 시기는 내 인생을 지배하는 모든 가치관이 전부 바뀌던 하나의 사건이었다. 한두 달 정도는 불면증에 시달리며 내가 살아온 날들의 무의식과 현재의 의식들이 전쟁을 치르는 새벽을 맞이해야 했다. 프로이트는 꿈에서 무의식이 발현된다고 했지만, 그 시절 나는 꿈이 아닌 현실에서 무의식과 대립했던 기억으로 이 시가 탄생하였다.

분석심리학자인 융은 "나의 삶은 무의식이 그 자신을 실현한 역사다"라고 했다. 현대인들은 다양한 가면(페르소나)을 쓰고 살아간다. 무수한 경쟁 속에서 타인의 욕망을 욕망하다 보면 어느덧 진짜 나를 잃어버린다. 여기서 각자의 그림자(어두운 자아)가 생긴다. 융은 이렇게 무의식 속 그림자를 기꺼이 받아들이고 진정한 자아와 화해하기를 바랐다. 이것이 융이 바라는 자기실현(self)이다.

어쩌면 그날 새벽 내가 그렇게 뒤척이며 불면에 시달렸던 것은 나도 모르는 내 안의 그림자들이 나타나서 스스로 자아를 의식적으로 탐색하여 결국, 자기(self)를 찾는 과정이 아니었을까.

"나의 삶은 무의식이 그 자신을 실현한 역사다. 무의식에 있는 모든 것은 삶 속 사건으로 표현된다." _ 카를 구스타프 융[3]

3) 한눈에 읽는 현대 철학. 남경태 지음. (2012). 휴머니스트. p89

열정은 회색

투명함이 가려진 자리에
꼽꼽함이 새겨진다

그 모습 꽤 짙어져
내 모습 흐려져 가니
황홀해진다

후우– 하아– 해도
금세 희미해지던 네가

헉헉– 헉헉– 하니
뿌옇게
뽀얗게
좀처럼 사라질 기미가 안 보인다

이제 네가 떠날 준비를 하니
이제 나도 나갈 채비를 마쳤다

그렇게 투명한 거울과
마주한 나

“오늘도 불태웠다”
서로를 응원하지

열정은 회색

"눈물과 땀은 거짓말하지 않아요. 노력을 뛰어넘는 재능은 없어요. 최선을 다해 오늘을 사는 것, 그게 제 꿈이에요. 그 작은 꿈이 모여 지금의 큰 꿈을 만들었어요." _ 발레리나 강수진

한평생을 몸이 나의 언어라 자각하며 살아온 날들을 회상하며 쓴 시다.

많은 무용수와 함께 음악에 몸을 맡긴 채 자유롭게 춤을 추고, 눈을 마주 보며 예상할 수 없는 즉흥 안무를 펼치기도 하고, 서로의 에너지를 나누며 숨이 턱까지 차오르는 황홀감까지 맛본다면, 전신거울 가득한 습기 정도는 일도 아니다. 서로의 땀이 그리고 우리의 예술이 곧 실현되는 장.

나는 어렸을 때부터 무용을 전공했다. 7살 때 엄마의 손을 잡고 무용학원을 들어선 날부터, 지금까지 무용을 평생 해온 삶을 사랑하고 오늘날의 내가 있기까지의 모든 원동력이 되었다.

현재도 아이들에게 무용을 가르치는 일을 하고 있다. 비 오는 여름날이 되면 우리의 땀과 습기로 꿉꿉함이 거울에 새겨지겠지.

그것은 살아있음의 증거이자, 내가 무용을 사랑하는 이유이다.

내 몸 바로 읽기

머리는 의식적이고 사회적인 것

눈은 의존적이고 내면의 거울 같은 것

코는 이타적이고 본능적인 것

입은 입말이 먼저라면 자연스러운 것

귀는 자의적이고 감각적인 것

손은 욕망과 무의식에 가까운 것

발은 지나온 나의 길을 증명해주는 것

[4] "정신과 신체는 직각으로 절단된 두 철길과 같다. 그러나 반대로 시간의 관점에 설 때 물질과 정신은 모두 리듬을 달리하는 지속의 양태들이다. 따라서 정신은 그 가장 하급한 단계에서 물질과 접촉하고 있으며, 고차적인 단계로 나아가면서 의식적 지속의 긴장에 상응하는 무수한 단계들을 지나친다. 이처럼 정신과 신체는 구분되면서도 접촉하고 서로 간의 소통이 가능한 실재들이다." _ 앙리 베르그손

감각도 의식일까? 생철학자 앙리 베르그손은 의식이라는 것은 지속의 폭을 가지고 있어서, 기억과 기대를 함께 가지고 있어야 한다고 했다. 이 점에서 우리의 오감은 기억과 기대를 함께 가지고 있기에 지속할 수 있다. 그래서 감각도 의식이다. 눈, 코, 입, 귀, 손, 발 다 의식이다.

[5]바수반두(Vasubandhu 世親 320~400)는 주체와 대상의 이분법은 허구적이며 모든 것의 집착은 이분법에서 생긴다(自他不二)고 주장한다. 오직 식(識)뿐이고 대상은 존재하지 않는다. 나와 남이란 대상은 의식 속에서만 존재하며 무분별의 세계가 자유로운 상태라고 한다. 집착은 너의 의식일 뿐이다.

유식은 마음 자체에 대한 분석이다. 의식의 8개 층은 전 5식인 안이비설신(眼耳鼻舌身 감각기관이 수동적으로 받아들임)과 대상을 인식하는 6식(意), 7식인 마나스(manas 자의식으로 분별하고 생각하는 의식) 그리고 8

4) 물질과 기억. 앙리 베르그손. 박종원 옮김. (2005). 아카넷. p453
5) 기사 일부인용. (2016) 공감신문. 강낙규 기술보증기금 이사 기자. "붓다와 함께한 연등축제③] 대한민국 깨달음의 계기가 되기를…"

식인 알라야식(Alaya vijnana 저장의식 무의식)이다.

불교의 유식학파 바수반두도 이미 인간의 의식구조를 감각(오감)을 포함해서 8가지로 표현했다. 우리의 신체를 기능적인 관점에서만 바라볼 것이 아니라 머리부터 발끝까지 하나하나 자세히 들여다보면, 나의 감각과 의식이 어디에서 비롯되는지 알게 될 것이다.

봄의 서막

멀끔해진 나무 위로
따뜻함이 입혀지니
어김없이
찰나의 바람을 타고 수채화가 번진다

저기 저 찰나의 벚꽃이
내 어깨에 자연스레 올라타듯

봄 위에 내가 올라탄 걸까
내 위에 봄이 올라선 걸까

올해에도
나는
하릴없이
쉴 새 없이
봄 위에 번져가고 있는 걸까

꽃 위에 물들어가고 있는 걸까

봄의 서막

"인간과 시간의 6천 피트 저편." _니체의 영원회귀

인간과 시간의 6천 피트 저편.
이 문장을 통해 니체는 우리에게 묻는다.

"지금까지의 삶을 똑같이 만년 뒤에 반복해도 기꺼이 긍정할 확신이 지금 당신에게 있는가?"

찰나의 미학. 어제의 바람과 오늘의 바람은 결이 다르다. 바로 지금, 이 순간에 집중하는 태도에 대하여 말하고자 한 시다.

니체는, 역사는 끊임없이 반복된다고 보았고, 그것은 거대한 순환 운동을 하고 있을 뿐이라고 말한다. 작년의 봄과 올해의 봄, 다가올 내년의 봄. 그리고 계속될 봄.

나는 역사의 한 페이지 안에서 존재할 뿐이고 거대한 순환 운동을 이어나가고 있을 뿐이다. 아무리 바쁘고 바쁜 현대사회라지만, 매년 봄이 찾아오면 벚꽃이 흩날리는 그 찰나의 순간을 놓치지 않기를 바란다. 그 안에는 시도, 철학도, 예술도 인생의 모든 것이 들어있을지도 모른다.

주먹다짐

보고 있다
오른쪽 손바닥을

보고 있다
접힌 손가락들을

엄지손가락 뒤에
저마다 얼굴을 감추고
빨개지도록 힘을 주고 있다

나는 어디쯤 존재하는 걸까
생각하던 찰나

덜컥덜컥
굳게 잠긴 자물쇠 소리
울렁거릴 정도로 울려 퍼진다

가슴 한편에 답답한 것이 아려온다
가슴 한편이 퍼렇게도 서려온다

덜컥덜컥
열쇠 찾아
어디를 그렇게 가고 있는 걸까

글쎄,
엄지손가락이었을까
저마다 얼굴을 감춘 자들이었을까

주먹다짐

인간은 대자존재다. 인간은 죽어 있는 사물이 아니다. 그래서 일까? 인간은 끊임없이 자신을 내 던지며 살아야 한다. 이것을 사르트르는 '기투'(projeter)라고 했다. 무언가가 되고자 하는 사람만이 실존적으로 사는 것은 아니다. 무언가에 고통받고 그 고통에서 탈출을 시도하는 사람 역시 실존적으로 살고 있는 것이다. 끝을 모르는 이 기투의 향연.

롸잇 나우

처음 가본 길 끝에
자욱한 안개를 만나

나의 관성은
조금도 앞으로 향할 수 없어
미지수 X가 너무 두려워
망설여진다

그저 한 발짝 내디뎌 보면 그만
나를 잠시 그곳에 두고 오면 그만

아직 못 담은 것들을 만나야 하니까
비우면 다시 채워지는 인생이니까

비움과 채움을
반복하다 보면

결국, 정답도 해답도
그 흔한 오답들도
의미 없다는 걸 알게 되어

비로소
말랑말랑한 진흙이
내 눈앞에 놓인다

롸잇 나우

"아장스망[6] 이란 무엇인가? 그것은 다양한 이질적인 항들로 구성되어 있으며, 나이의 차이, 성별의 차이, 신분의 차이, 즉 차이 나는 본성들을 가로질러서 그것들 사이에 연결이나 관계를 구성하는 다중체이다. 따라서 아장스망은 함께 작동하는 단위다. 그것은 공생이며 공감이다." _대화, 들뢰즈

"삶은 의미보다는 욕망이다"라는 명언을 남긴 찰리 채플린의 말이 가슴에 꽂힌 순간이 있다. 우리는 왜 그렇게도 삶의 의미만을 울부짖는지 모르겠다. 이것은 수많은 책과 미디어가 만들어 놓은, 뿌리 깊게 박힌 관습일 수도 있다. 과연 의미 없는 삶은 죽은 삶이라 과감하게 말할 수 있는가? 그렇게 가다간 결국 허무주의에 빠져 현실을 부정하는 나락에 빠질 뿐이다.

삶에 있어 의미를 찾기보다는 욕망을 재배치하라고 했던 철학자 들뢰즈. 그들이 말하는 삶의 욕망은 현재를 직면하게 하고 비움과 채움의 존재까지 일깨워 주었다. 우리는 이질적인 항들의 특정한 배치를 통해 전혀 다른 존재가 될 수 있다.

이번 생은 망했다고 울기 전에 이질적인 항들을 재배치 해보았는가?

생각해볼 일이다. 지금 당장. 롸잇 나우!

6) 아장스망(agencement)=배치(arrangement)

99.9도

요즘엔 어금니가 닳는 기분이다
이를 꽉 무는 일이 일상 다 반사니
그러니까 누가 툭 치면 툭 깨질 것만 같은
차라리 모래의 한 줌이 되고 싶은

아무것도
어떤 것도
대신할 수 없는
표현 그 너머의 표현을
머릿속에서 구상 중이다

도저히 넘칠 거 같아 꾹꾹 눌러 담다 보면
숨이 막혀 한숨조차 안 나올지언정

분명히 반드시
해소의 순간
찾아오겠지

배고픔도 두통도 추위도 이겨낼 수 있다
어쩐지 위태로워 보이는 소주잔에
먼 산만 바라보며 줄기차게 걱정을 따라내던 그 찰나

잘못된 100도로 갈까
두려운 마음에
오늘도 벌벌 끓기만 반복

나는 니체처럼 살지 못하겠다 좌절하다가
문득 지나가는 스님이 보인다
얼굴에 온화와 여유, 그 이상의 무언가가 비친다

그러니 거울은 보지 않기로 한다

99.9도

"인간에게 중요한 것은 생을 사는 것이 아니라, 내 과업을 완성하는 것이다." _ 니체

고통스러운 시간. 그 고통은 그냥 지나가지 않는다. 오로지 고통의 끝으로 내려가 봐야 지나온 나날의 편견들이 보이기 시작한다. 그리고 고통의 끝, 그 어두운 곳에서의 한 줄기 빛을 통해 살아있음을 느끼게 해준다. 그러나 고통도 지속되면 적응되고 적응되면 관성으로 굳어질 위험성이 있다. 그러므로 파멸되지 않는 나만의 규칙과 가치관을 만드는 것이 중요하다. 니체는 세상을 부정하면서 자신의 철학을 긍정할 수 없다고 말했다. 니체가 우리에게 묻는다.

"당신만의 과업이 있는가?"
"당신은 삶에서 작품이 될 것인가?
아니면 그저 상품이 될 것인가?"

그러면서 니체는 용기에 대해 이렇게 말했다.

"용기란 그렇다면 다시 한번 더!"

오늘도 나는 생의 파동을 느낄 수 있는 폭발할 수 있는 지점까지 용기를 내어보는 거로.

FEEL

필연적으로
필수적으로
필사적으로
필요한 것은

필 사 코

필 가는 대로

FEEL

"이데올로기와 개인 사이에는 특수한 관계가 형성됩니다. 이 관계는 호명 메커니즘에 의해 만들어집니다. 호명의 기능 작용은 개인이 자기 것으로 승인하는 하나의 사회적 역할을 개인에게 지정함으로써 그를 이데올로기에 예속시키는 것입니다."[7) _ 알튀세르

우리는 태어날 때부터 각종 '호명'에 의해 만들어지는 것 아니었을까? 생각해본 적 있을 것이다. 자유 철학자 알튀세르는 말한다. 호명 테제에 갇히기보다는 그것들과의 단절의 시간도 필요하다고.

2020년. 인식론적 단절이 필요한 시기가 아닐까 생각한다. 인식론적 단절이란 무엇을 의미하는가. '나는 원래 이렇지 뭐'라는 한숨을 기꺼이 가위로 자를 수 있는 태도이다. 나도 모르게 나를 구속하는 구토 나는 것들을 절연하려면 과거와의 확실한 단절이 필요하다. 의미 없는 목적론, 필연적 법칙에서 벗어나(망각) 마주침의 유물론적 시각을 가지는 것이 필요하다. 인간은 수많은 존재와의 연을 맺는 연속체이다. 그러므로 어제의 나와 오늘의 나 사이에 단절이 존재해야만 한다.

알튀세르가 생각하는 존재의 핵심은 자신이 어디에 있는지 모른다는 것, 그리고 어디론가 가고 싶어 한다는 것이다. 즉, 나라는 존재는 자기계발서에 나오는 대로 기획되거나 상품화될 수 없

7) 알튀세르. 서관모. 백승욱 옮김. (1997) 〈철학에 대하여〉 동문선. p85

다. 어떤 사람이 존재하는 이유가 세속의 성공이 되어서도 안 된다. 성공은 필연이 아닌 우연들의 산물일 테니, 삶에서 우연성을 겸허하게 받아들여야 할 것이다. 그러므로 지금부터 필 가는 대로 살아보자!

함정

눈앞에 보이지 않는
큰 바코드가 머릿속에 박혀버렸나
알 길 없는 미간 사이의 주름과 함께
삐 비비빅 삐이~
새벽 내내 잠 못 이룬 밤이었다

말하자면 복사기 뚜껑을 열고
머리를 처박고 있는
딱 그 모양새랄까

스스로가 만든 함정에 빠져
가늠할 수 없는 함정임을 깨닫고
어렵게 어렵게 허우적대며 어푸어푸 나왔건만
이렇게 저렇게
이유 불문의 또 다른 함정은 탄생 된다

말하자면 네모난 공으로 태어나
여기저기 부딪혀 가며
점차 동그라미의 모양새를 갖춰 가는 거랄까

그럴 때는 말이야
어둠이 짙게 내려앉은 운동장으로 달려가
소리 한번 질러버리고
술에 취해도 잠이 오지 않으면
오지 않는 잠을 자려 자신을 학대하지 말라고

사실 누가 못하게 하지 않았지
스스로가 만든 함정에
스스로를 가둬 버린 거였지

외면하지 말자 스스로 잘 알고 있는데
매일 다른 함정을 파놓고 빠지기를 반복하곤 한다

말하자면
자신의 세계를 만들기 위해
스스로 자기 존재의 욕망을 찾아 고뇌하는
실존하는 가장 의미 있는 순간이랄까

함정

"인간은 자유를 선고받은 존재이다." – 샤르트르

"인간은 자유로부터 도피하고자 한다." – 에리히 프롬

실존주의 관점에서 보면 인간은 불안하지 않을 수 없다. 인간은 부조리하지 않을 수 없다. 인간은 쉽게 자신의 존재를 만족할 수 없는 존재다. 그래서일까? 인간은 일관되기 어렵다. 매 순간 자신을 던지고 매 상황들 속에서 달라지기 때문에.

자유로부터의 도피

사람들은 홀로 독립하기보다 누군가에게 구속되더라도 안정감을 찾고 싶은 심리가 있다.

중세시대가 무너지고 현대에 들어와 개인의 자유는 확장되었다. 그러나 그만큼 경제적, 정치적 책임을 개인이 다 짊어지게 된다. 당연히 이에 뒤따르는 책임감은 더욱 무거워진다. 그래서일까. 사람들은 그 책임이 두려워 자유로부터 자발적으로 도피한다.

그래서 사람들은 자유가 주는 쾌감을 자유와 헷갈린다. 과연 퇴사만 하면 자유일까? 여행을 간다고 자유가 주어질까? 자신을 감당할 용기가 없다면 그것은 자유가 아니다. 이제는 온전히 자유를 마주하고 내 존재를 책임질 용기가 필요한 시간이다. 그것이야말로 실존이 아닐까.

같은 겨울

크리스마스트리에 불을 밝히는 그 순간
무의식이 자아낸 저기 어딘가에
스위치가 켜진다

무수히 반짝이는 눈동자 안에는
인간만이 느낄 수 있는 숭고한 감정들이
소용돌이를 앞세워 교차하고

딸랑딸랑 어김없이 들려오는 구세군 종소리
여지없이 한 해의 끝이 왔다는 것을 직감케 한다

코트 속 손난로의 여유
입김으로 새겨지는 진한 여운
그렇게 다시 또
미련으로 가득 찬 한 해의 마무리를 지은 채
미묘한 설렘 가득 안고
어제와 전혀 다른 내가 존재한다

그러니 희망과 다짐으로 가득 찬 시작 안에서는
돌아온 날을 되돌아보지 말 것
혹
미련이란 단어에 가슴 한구석 시리게 멍들고
후회란 과정에 살갗이 얼어 붙어버려도

오직 겨울에만 불 수 있는 입김 가득 모아
'혹'으로 새겨진 지나온 마음에게
토닥토닥 수고했어 한마디 보내주기를

앙상한 나뭇가지 위
살포시 내려앉은 위태로운 눈꽃을 위해
작은 입김 하나로 따뜻하게 흩날려 주기를

12월 그리고 겨울
지나온 나를 받아들여
지나갈 나를 받아들이는
반복되어 소중한 같은 겨울

같은 겨울

12월.
바람이 겨울 냄새를 마구 풍기는 달.
목도리를 둘러도 코끝은 시려오는 달.
덕분에 수족냉증이 전성기를 맞이하는 달.
덕분에 사랑이 싹틔우기 좋은 달.
일 년 중에 해보다 달을 더 많이 바라보는 달.
많은 별이 알코올에 심취해도 용서되는 달.
크리스마스 덕에 우리 모두 동심으로 돌아가는 달.
다 같이 둘러앉아 소원을 염원하는 달.
한 해의 마지막 달.
새로운 시작이 기다려지는 달.

누군가에게는 설렘으로 가득한 한 달이 되고, 누군가에게는 후회 가득한 한 달을 보내게 된다. 한 해 한 해 나이를 먹어가고, 사계절의 흐름 속, 나에게 12월은 유독 특별한 달이다.

한 해를 떠나보내는 달이면서, 새로운 시작을 향한 도약의 시간인 까닭일까. 지나온 나는 과감하게 지우고, 다가올 미래의 나를 온전히 받아들이는 달이라서일까.

시너지

시는 틀린 것을 잘못되었다고 말할 수 있는 용기에요
시는 대중에 흔들리지 않는 심안의 눈을 뜨게 해 줘요
시는 태양과 바람 이야기에 나오는 태양처럼 불타올라요
시는 자발적 자기 배려이자 제2의 독자 정신에서 비롯돼요
시는 익숙함에 길든 자신에게
새로움을 발견하는 또 다른 자아에요
시는 표현한다기보다는 표출에 가까운 언어들의
교집합이에요
시는 그 외침 속에 저항 정신이 공존하기에
불편할 때도 있지만 그 이상도 아니에요
시는 불나방이에요
시공간을 응축해 활활 타올라 완전연소를 상상하게 해요
시는 무엇보다 진실한 생화로 피어나야 해요
허구로 만들어진 모든 언어는
내 삶을 조화로 받아들이는 일이니까요
시는 그때의 내가 오늘의 나로 변신하게 해주는
끊임없는 변화들의 산물이에요
그래서 시는 무엇보다 '진실'해야 해요
매일 매일 시와 진실이 마주하게 되면
그날의 분위기는 시너지를 이룰 테지요

[8] 알튀세르가 보는 이데올로기는 무의식이다. 주체가 이데올로기를 가지는 게 아니라 그 반대로 이데올로기가 주체를 주체이도록 만들어 주는 것이다.

허위의 무의식(이데올로기)에 길든 현대인들 조명

이제는 거대담론에 종속되기보다는 더욱 인간에 대한 이해가 필요한 시간이 절실하다고 생각한다. 더는 담론에 속거나 넘어지지 않기를 바라는 마음에 시너지는 탄생했다.

우리 모두 자기만의 확실성이 있으면 사는 게 재밌어진다. 시가 내게 그랬다. 자신만의 문장을 만들고 생을 추론하는 삶을 통해 분열과 자기검열이 이루어지기 때문이다. 시 안에는 문학, 철학, 역사, 사상, 이념, 시대정신, 비판, 그리고 진실이 다뤄진다. 무엇보다도 진실성이 중요하다. 진실한 시. 누구에게나 가슴 한편에 자리 잡고 있지 않을까.

8) 누구나 한번쯤 철학을 생각한다. 남경태 지음. (2017). 휴머니스트. p576

LIVE

봄비 다녀간 자리
기분 좋은 바람이 귓불을 스치고
영원할 것만 같은 해가 내리쬐니
코끝 가득 흙 내음 가득하다
잠들어 있던 세상 속 모든 만물이
재탄생하는 시간이 돌아온 것이다
무채색의 풍경들은 형광등을 비춘 듯 환해져 가고
앙상했던 나뭇가지에도 하루가 다르게 살을 붙여가며
곳곳마다 수려한 봉우리들이
리듬을 맞춰 폭죽을 터트리는데

요란스럽게 내리는 봄비가 준비한 선물상자들로
너도나도 죽어가는 영혼들이
여기저기 기지개 켜는 소리로 살아있음을 보답한다

LIVE

"스펙터클 사회에서는 특권적인 인간 감각을 당연히 시각에서 찾는데, 다른 시대에 그 특권적 인간 감각은 촉각이었다."_ 기 드보르

오감 중에 촉각은 살아있는 모든 영역에 있어서 필수적인 요소이다. '살아있음'을 촉각으로 받아들이는 것은 그 생명에게 또 다른 생명력을 부여하는 영양물이 된다. 이제는 자신의 삶을 그저 관조하지 말고 직접적인 촉각으로 받아들이기를.

매미가 내게 말했다

시간이 표정을 지을 수 있다면
서둘러 강릉 앞바다로 떠날 일이다
가장 먼저 떠오르는 태양을 보고
반대편에서 지는 태양을 가늠하면 될 일이다
시간에는 정답이 없기에
내가 보고 느낀 것에 의존하면 될 일이다

나는 실존하기에 무의식을 경험하는 것일까
무의식으로 실존하고 있는 것일까

30km로 달리는 기차를 타고
찰나마다 변해가는 것들을
수려하게 걸려있는 풍경을
온몸에 휘감아 보자
살아있다
아니 살고 있다
누구나 그렇게 살아간다
그렇다
떠오르는 감정을 언어로 붙잡고
문장들로 토해내는 일을 행함으로써 실제 하는 것이다

때로는 자유로부터 자유롭지 못해
짓무른 광명을 좇다 태풍 속으로 휩쓸리지만
태풍은 지나갈 것이고
하나둘 매미들은 다시 울부짖을 것이다

익숙한 소음 같은 낯섦이
자꾸 마음 한가운데 맴맴 공존하니
두 눈을 감아 보아도
내 촉수의 방향이 갈피를 못 잡고 다시 맴맴 사방을 돌다가
아무래도 강한 것과 약한 것을 구분 지을 수 없다는 게
겨우 결론이다

제아무리 가진 모든 것을 쓸어버리고 간다 해도
아슬아슬 하지만 온몸을 다해 굳건히 자리를 지켜온
매미는 말해주고 있다

이 모든 것들이
우리 모두 최초의 모습이 아니었겠는가
앞으로도 계속 태어날 것이고
그러니 살아갈 것이고
그렇게 죽어갈 것이니
벼룩의 간이라 할지라도
살아있음이 살아있음을 부여한 것에 대해선
침묵해야 할 일이다

"실로 언표할 수 없는 것이 있다. 이것은 드러난다. 그것이 신비스러운 것이다." [9] _ **비트겐슈타인 〈논리 철학 논고〉**

언어가 휴가 간 날

인간의 언어로는 매미의 처절한 울부짖음을 말할 수 없다. 그저 "매미가 운다"정도로 시끄러운 소음으로 치부될 뿐이다. "말할 수 없는 것에 대해서는 침묵하라"고 말했던 비트겐슈타인이 생각나는 대목이다. 흔히 사람들은 본인이 알 수 없다고 규정한 것들에 대해서는 무의미하다고 단정 짓곤 한다. 하지만 매미의 삶을 생각해 본 적이 있는가? 매미는 생이 짧은 곤충이다. 애벌레로 땅속에서 몇 년의 세월을 보낸 뒤 모진 비바람을 견뎌 나무 위로 올라와 한 달의 세월 동안 울부짖다 생을 마감한다고 한다.

작년 여름, 기후의 변화들로 우리나라에 태풍이 일주일씩 찾아온 적이 있었다. 사람조차 몸을 가누기 힘든 태풍들은 한반도를 빠르게 휘몰아치고 지나갔다. 얼마 후, 하나둘씩 매미들이 울기 시작했다. 그날의 매미의 울음소리는 단순히 한 여름날의 매미의 울음소리로 들리지 않았다. 그것은 절실한 실존의 외침으로 들렸고, 매미에 투영된 오늘날 우리들의 모습이 보였다.

생이 하나의 기적적인 사건임을 깨닫게 된다면 우리의 삶은 이전과는 다른 눈으로 세상을 바라보지 않을까.

9) 비트겐슈타인. 논리 철학 논고.

상생상회 – 마주침을 팝니다

드르륵 딸랑~
투명한 작은 종소리
과거로의 시간여행을 알려 주는 것인지
미래로 떠나는 도망처인지
실재의 세계인지는 알 수는 없었지만
나의 세계를 따옴표로 묶어버리는 순간임에는 분명했다

삐걱 삐걱
코 끝까지 파고드는 포근한 나무 냄새로 가득한 이곳에서
나는 곧장 돌아보지도 않고 성큼성큼 사다리를 딛고
올라서서는
또 다른 세계와 마주하며
자연의 색에 가까워진 너를 붙잡고
엄지와 검지로 부드럽게 살갗을 넘겼다
지금 마주한 모든 상황이 본질적으로 변조한
실존의 모습이라는 것을 알아차렸다

거기서 나는 모처럼 마른 가뭄에 촉촉하게 내리는 단비를
맛보고
오지의 사막에서 오아시스를 발견하는 기쁨의 충동을 느끼며
얼굴 없는 이를 계속 마주하였다

형체가 없기에 그의 육체는 부재일지라도
많은 이들의 마음속에는 살아있단 의미에서
그의 육체는 현존하는 것으로 간주될지니
실존이건 본질이건 중요치 않은 세계로 인도한다

나는 의미를 따지며 생각되는 것보다는
떠오를 때 생각할 수 있는 자유를 욕망하며 사는 거로
상생상회의 딸랑거리는 종소리를 들으며 문을 박차고 나왔다
가슴이 미친 듯이 뛰었다
마치 불을 향해 뛰어드는 불나방처럼

[10] “코나투스(conatus)가 정신에만 관계될 때에는 의지(voluntas)라고 일컬어지지만, 그것이 정신과 신체 동시에 관계될 때에는 충동(appetitus)이라고 일컬어진다. 그러므로 충동은 자신의 유지에 유용한 것에서 생겨서 인간으로 하여금 그것을 행하도록 하는 인간의 본질 자체에 지나지 않는다.” _ 스피노자

나는 만나보지 못한 어느 시인의 시를, 어느 유명한 작가의 소설을, 몇백 년 전에 살았던 철학자들의 글들을 읽다 보면 어느새 나만의 언어로 재편 하는 모습을 발견하곤 했다.

이런 것들을 스피노자는 ‘충동’에서 비롯되었다고 이야기한다. 어렸을 때부터 동경해왔던 시인이라는 막연한 꿈들이 조금씩 모여 커다란 원을 만들어 가고, 그 안에 나의 충동 의지를 채워가는 것은 아닐까.

때로는 시를 쓰다 보면 이것은 방황인가, 아니면 확신인가 의심이 될 때도 있다. 하지만 1600년대를 살았던 철학자 스피노자는 그런 내게 시는 코나투스(생의 의지)로 향상시키는 행위라며 위로해 주었다. 나는 그렇게 몇백 년 전 철학자들과 상생하기로 했다. 여러분도 내 안의 코나투스(생의 의지)를 향상시키는 것들을 우연히 발견하기를 바라며.

10) 스피노자. 에티카.

인격의 밤

휘몰아치는 하루의 끝
누군가에겐 시작이 된다
그날도 어김없이 달은 차오르겠지

세상이 만들어낸 수많은 별천지 속
세상의 굴레에서 빠져나와
온종일 허공에 그려본 문장들이 사라지기 전에
서둘러 가장 사랑하는 노트를 펼치고
과감하게 내가 원하는 나로 돌아간다

창가에 비치는 펜 끝의 움직임은
어느 날에는 주체할 수 없는 기쁨이었다가
어느 날에는 절벽 끝을 향하는 욕망이었다가
어느 날에는 마른 가지에 피어나는 꽃봉오리처럼
처절한 몸부림으로 변신한다

한 개인의 의지를 믿고 존중받는 삶
노동이 삶의 보람이라 지각하지 않는 삶
온전히 맑은 정신으로 나의 욕망을 되찾는 삶

그렇게 완전 연소하는 삶을 위하여
열정과 냉정 그 경계를 오가며
노트 속에 인격을 새기는 밤

인격의 밤

“무엇보다 나는 이렇게 쓰고 싶다. 우리에겐 도달할 방법이 없다. 사실 우리는 도달한다. 절실하던 시점에 불현듯 도달하고는, 잃어버린 어느 순간을 찾는다며 남은 인생을 소모한다. 하지만 찾다 보면 멀어지기 마련이라는 바로 그 이치에 따라, 우린 또 얼마나 자주 그 순간을 놓치고 마는가! 어쩌면 우리가 서로 합치는 것이… 회귀의 순간을 영영 놓쳐버리는 방법일지도. 불현듯, 나의 밤, 내 고독 속, 불안이 사라진 자리에 확신이 들어앉는다.”

_ 조르주 바타유 〈불가능〉

“나는 완전연소의 조건 안에서만 살고 싶다”라고 말한 조르주 바타유. 오늘의 에너지를 직장에서 다 소비한 현대인들은 여가 시간에 나만의 과업을 펼칠 기운이 없다. 직장이 아닌 나만의 생의 과업을 위해 완전 연소하는 삶을 위하여, 나의 인격들을 위하여.

“노동하지 않으면 삶은 부패한다. 그러나 영혼 없는 노동을 하면 삶은 질식되어 죽어간다.” _ 알베르 카뮈

2부 우리는 모두 우주

알려진 비밀

평범함이 비범함과

동의어가 되는 것

이미 그대 안에 있다

"다시 말하건대 단독성은, 그것을 특수성으로 환원해 버리는 부르주아적, 비역사적인 개인주의와는 관계가 없으며, 그 자체가 사회적이고 역사적인 것과 직결되어 있다. 따라서 나는 아우슈비츠와 히로시마를 나란히 놓으며, 이를 근대 테크놀로지 일반이 초래한 비극으로 비판하는 하이데거에 비해, 아우슈비츠라는 고유명을 가진 체험에서 손을 떼지 않은 레비나스에서 윤리적이고 역사적인 사고를 발견하는 것이다." [11] _ 가라타니 고진

일본 철학자 가라타니 고진은 보편성과 단독성에 관해 이야기했다. 그가 말하는 보편과 단독은 숫자로 환원되거나 통계수치가 될 수 없는 영역이다. 그렇다. 나만의 유일함이 단독성이고 그러한 단독성이 세월을 관통하면 보편성이 될 수 있다. 그렇다면 누군가의 비범함이 모두에게 전해져서 평범해지는 날이 올 수 있을까? '유일함'을 인정받아 세월을 거쳐 보편이라는 인정을 얻는다면 가능하지 않을까?

11) 가라타니 고진. 유모로서의 유물론. (2002). 문학과학사.

'무시' 무시해

태양은 언제나 높은 곳에서 반겨주니
나는 언제나 즐거운 마음으로 배에 올랐다

태양은 늘 흐뭇한 표정으로
나를 칭찬하는 듯
잔잔한 파도를 선물했다

그러다 육지가 보이지 않을 때 즈음
이미 태양은 거친 파도에 휩싸여
기울어져 가고 있는데

나는 체면이 우선인지라
소금물 적셔가며
너에게로 가고 있었다

허나 성난 물결이 된 파도는
내 마음 따윈 무시한 채
돌아가라며 재촉하듯 등 떠밀고

나도 이미 때가 지나버린 것을 알기에
내 앞에 모든 것을 무시한 채
안간힘을 다해 몸부림을 쳐보지만

불쑥 집어삼킬 듯
원인을 알 수 없는
거대한 해일 앞에

내 손에 쥐어진 '노'를 떠나보내야만 했다

이윽고 고개를 젖혀 보니
'무시' 받지 않으려
바르지 못하게 발효된 '과시'

그 언저리에서
의미 없는 줄다리기를 하고 있었다는 걸
알아 버린 후였다

라캉의 상상계, 상징계, 실재계

타인에게 인정받고 싶은 욕망. 라캉은 이것을 상징계 질서 속 '인정 투쟁'이라고 보았다.

그런데 사람이 추구하는 욕망이 꼭 인정 욕망뿐일까? 인정 투쟁 밖의 순수한 욕망도 있지 않을까? 남들과 다르게 사는 것을 욕망하고 타자의 욕망에 따르는 삶이 아닌 누가 뭐라 하던 내가 정한 나만의 이유로 살아가는 것을 생각할 시간이다.

이제는 상징계에서 벗어나 실재계로 가보는 것은 어떨까? 내가 남을 인정할 때 남도 나를 인정하는 법. 우리는 선한 경쟁을 하고 있는가, 아니면 너도, 나도 패자만 있는 리그에 목매고 있는 것일까.

원칙 없는 사랑

공감하지 못했다고 해서
공유하지 않은 건 아니듯

소통하지 못했다고 해서
소홀하지 않는 건 아니듯

인정하지 못했다고 해서
사랑하지 않는 건 아니다

원칙 없는 사랑

"사랑에 빠진다는 것은 어떤 사람을 그 사람이 지니고 있거나 방출하는 기호들을 통해서 개별화시키는 것이다. 즉 사랑에 빠진다는 것은 이 기호들에 민감해지는 것이며 이 기호들로부터 배움을 얻는 것이다."[12)] _ 들뢰즈 프루스트와 기호들

2018.2.20

어느새 마음 깊숙이 자리 잡은 사랑이라는 감정이 쉽사리 사라질 수 없음을 감지한 날.

들뢰즈의 말처럼 누군가에게 하나의 기호로 다가간 적이 있는가? 아니면 타인을 하나의 기호, 영혼으로 바라본 적 있는가? 누군가의 기호에 반응하고 개별화한다면 공감, 고통, 인정이라는 언어에 넘어질 수 없다.

12) 질 들뢰즈. 서동욱. 이충민 옮김. (1997) 〈프루스트와 기호들〉 민음사. p27

턱상공론

표정이 왜 그래?
나 같은 인재를 못 알아보잖아

너 같은 인재가 뭔데?
나 같은 인재가 뭐냐니!

안타까워서!
안타깝다니?

벼는 익을 수록 고개를 숙이는 법
동강 할미꽃은 자랄 수록 고개를 번쩍 드는 법

누군가에겐 겸양지덕
누군가에겐 자기비하

오늘도 턱 괴고 앉아서
내일도 턱상공론 하고 앉아있네

턱상공론

"도대체 우리가 안다고 생각하는 것이 사실은 모르는 것이 아니라고 장담할 수 있겠는가? 우리가 모른다고 생각하는 것이 사실은 아는 것이 아니라고 장담할 수 있겠는가."[13] _ 장자

사람들과의 소통이 안 돼서 힘들 때 장자의 이야기를 찾게 된다. 장자는 고착된 자의식으로서의 성심을 비판하면서 타자와 소통하려는 허심을 강조했다.

"주체적인 자의식을 가지고 살되, 타자의 타자성을 인정하고 소통할 시간이다."

장자가 권하는 소통은 합리적인 이성에 근거한 대화나 토론결과로 이루어진 동의나 일치와는 다르다. 장자의 소통은 존재론적으로 역량에 기초하는 것이다. 의사소통을 넘어서 존재론적 소통을 하는 사람들이 많아지기를 바라며.

13) 장자. 조근태 옮김. (1999) 〈장자〉 현암사. p111

절대적 필연

우리는 절대적 고통[14)]과 자유, 그리고 책임이
삶의 무기력에 대항할 수 있는 유일한 소신이라는 것을 안다

우리는 고통을 바라면서 인생을 영위할 자유를 얻는다
인간이라는 존재는 분열과 결핍으로 완성될지니
오늘도 고통을 바라며 극도로 진실된 황홀경에 빠지고 만다

우리는 자유에 대한 책임을 다함으로써
대자존재[15)]로 거듭날 기회를 얻는다
자유로부터 배운 나날들은 인간에게 과업을 던져 줄 지니
오늘도 자유를 바라며 내 소신껏 책임을 다해 본다

어제의 내가 오늘의 나와 다르다고 분명히 말할 수 있는 건
절대적 필연을 붙잡고 살기 때문이라고

사는 것도 죽는 것도
우리 모두에게 주어진 한 과정에 지나지 않는데
과정은 따스하지도 다정하지도 않는다는 것

14) 고통 : 니체 "나를 죽이지 못하는 고통은 나를 더 강하게 만든다."
15) 대자존재, 즉자존재 : 샤르트르

절대적 필연

샤르트르는 "인간은 자유롭도록 선고받았다"라고 선언했다. 즉 인간은 자유로운 한 결코 불안을 벗어날 수 없다는 말과 같다. 인간은 자유로운 존재다. 그러나 그런 자유로 인해 책임은 항상 뒤따르고 불안도 동반한다. 또한, 그가 말한 자유는 유신론, 결정론, 역사적 계급 결정론, 무의식까지 다 거부한다. 오로지 실존적 자유는 부조리를 바탕으로 한 것이다. 그러니 실존에 변명이나 핑계를 붙이지 말고 신이나 무의식으로도 도피하지 말라고 경고한다. 삶의 의미? 그것은 개인이 만드는 것이다.

사르트르 無/정체성에 갇히지 말자

인간은 탈존(실존)이기에 지금의 본질에서 벗어나 계속 새로운 본질을 만들어나갈 수 있다. 인간이 본질이 정해진 존재가 아닌 실존(탈존)인 이유는 바로 비어있기 때문이다. 즉, 인간은 대자존재(being -for-itself)다. 쉽게 말해, 자기 자신을 향한 존재다. 자기 자신을 대상으로 삼아 그것을 의식할 수 있는 존재로서 의식주체인 나와 의식대상인 나 사이에 無가 있기에 가능하다(바깥으로 향하는 존재(탈존주의)).

예를 들어, 의자는 자신이 의자라고 인식할 수 없는 존재다. 그것은 존재 자체가 본질인 즉자존재(being -in-itself)이기 때문이다. 그러므로 인간의 본질은 무엇이든 될 수 있는 가능성에서 시작한다. 주어진 본질은 없다. 그렇기에 실존은 본질에 앞선다.

달리(love myself)

인간은 같은 것을
달리 보고
달리 느끼는 법을 알기 위해
살아가는 것

눈물 나게 다른 사람과
같은 것을 공감하기 위해
억지 부리는 것은
그야말로 폭력

나와 다르다고 해서 틀린 것은 아닌데
그릇이 딱 그 정도라
작은 마음에 상처 입는 것

얼마나 더 살다 보면
얼마나 더 어른이 되면
덤덤하게 받아들일 수 있을까

인간에게 주어진 삶의 향연에는
그런 법칙 또한 없는 것

내가 너와 다르니
그것을 인정하는 것이
해답이 될 터
그것 마저 사랑할 수밖에 없는 일
그런 나를 사랑할 수밖에 없는 일

달리(love myself)

"한 인간의 진정한 삶은 대화적으로 침투할 때에만 접근이 가능하다." _바흐찐

바흐찐이 생각하는 대화란 단순히 말을 섞는 것이 아니다. 그에게 대화는 소통이 아닌 침투이다. 나와 너의 존재의 유일한 사건을 체험할 수 있는 계기, 즉 세계를 향한 주체의 책임이 부여된 것이다. 인간의 위대한 가치 중 하나가 자유이나, 자유는 곧 하나의 책임이라고 할 수 있다. 나를 열어 타인을 받아들일 때 인간은 비상할 수 있다. 이것을 인정하려는 적극적 행위는 바흐찐이 말하는 진실한 '대화'를 통해서 이루어질 것이다.

인생은

인생은
끝없는 질문이고
영원히 물음표이고
헤아릴 수 없는 선택의 연속이고
살아있는 도전이고
유쾌하지만 절망적인 얄궂은 타이밍이고
계속해서 이어나가는 기록으로의 역사의 한 페이지이며
미친 듯이 궁금한 스토리 안에서
어쩌면 시작부터 던져진 존재들이다
그저 태어남으로써 존재할 수 있는 존재
무수한 존재들이 거침없는 폭력으로 다가올지라도
덧없으므로 웃어 넘겨보는 미묘한 보릿고개다
허나 우리는 돋아나는 새싹이고
거스를 수 없는 초침 끝엔 엉겨 붙은 낙엽이 되겠지
초라하고 앙상한 가지로 남기 전에는
무엇이라도 남겨야 하지 않겠는가
인생은
한 단어로는 설명될 수 없는
앞으로도 계속 써 내려가도
답을 찾을 수 없는

답을 찾지 않아도 되는 게 인생이라
이왕 세상에 던져진 목숨이여
그 소중한 목숨이 목숨으로 다할 때까지
온 지구를 감싸 안을 만큼 뿌리내려
내 몫을 살지어다

인생은

"스스로 주인으로 살아가는 사람은 타인도 그 사람의 인생에서 주인이라는 것을 안다. 프롬의 말대로 어린아이 같은 생각에서 벗어나야 한다. 우리가 세상에서 가장 소중한 존재이기는 하지만 벌레나 풀보다 소중한 존재는 아니라는 역설을 받아들이고, 삶을 사랑하는 한편 죽음을 받아들이고, 삶에서 마주하는 중대한 질문들에 대한 불확실한 상태를 받아들이는 자세가 필요하다." [16]_〈을의 철학〉 중

감히 인생을 논하기에는 아직 새싹 단계에 머무르는 나이지만, 철학의 본질들로 이 시는 저절로 완성되었다. 시를 쓰는 동안만큼은 철저하게 자기검열이 되는 동시에 저 깊은 어딘가 구겨져 있던 해방감이 날개를 달고 훨훨 날아다니는 기분이 든다. 더불어 언어로 내 생각을 정리하는 일은 나를 살게 하는 힘이 되어준다는 것을 다시 한번 느낀다.

이렇게 인생은 내가 만들어가는 역사의 한 페이지인가 보다. 우리는 모두 우주다. 그런데도 하루에도 수많은 사람이 자신의 우주를 놓아버리고 만다. 10년을 살아도, 20년을 살아도, 30년을 살아도 인생은 결국 마주침의 연속이다. 인생에 정해진 운명 따윈 없다. 실존하는 세계 속에서 우연한 마주침들로 꽃 피울 시간이다.

16) 을의 철학. 송수진 지음. (2019). 한빛비즈. p89~90

낭중지추

당신 안의 잠재력을 관찰해 본 적 있을 거다
당신 안의 초능력을 발견해 본 적 있을 거다
당신만의 생명력은 생각해 본 적 있을까

내가 하고 싶은 일이
곧 재능이라는 것을
내가 잘할 수 있는 것이
곧 재밌는 일이라는 것을

티슈처럼 일회용일 수 있는
단 한 번의 인생일 터

국화차 꽃 알갱이도
뜨거운 물에 띄우면 활짝 피어나는데

약점을 키우는 건 어리석어 빠진 일
강점을 키우는 건 어찌 보면 당연한 일

나도 알고 당신도 안다

분명히
웃음 짓는 이유라는 것을
그것이
우리가 살아가는 이유라는 것을

낭중지추

“잠재적인 것은 실재적인 것에 대립하지 않는다. 잠재적인 것은 현실적인 것에 대립할 뿐이다. 더 나아가 잠재적인 것은 실재적인 대상을 구성하는 엄정한 부분으로 정의되어야 한다. 마치 실재적 대상이 자신의 부분 중의 하나를 잠재성 안에 가진 것처럼 말이다.” [17] _ 들뢰즈 〈차이와 반복〉

“그는 자신을 잊고 있었다. 그것은 의심의 여지가 없다. 이제야 그는 자기 자신을 바라본다. 그때 그는 거기서 얼마나 놀라운 것을 발견하는가!” _ 니체

“이번 생은 틀렸어”라고 하는 사람들의 심리는 자신의 실재성을 현실성뿐이라고 여기는 데 있다. 우리의 실재성은 현실성과 잠재성이 동시에 있다. 자신의 잠재성을 인식해야 무기력에서 벗어날 수 있다. 자기비하, 또는 자존감 상실을 자주 겪는 사람들은 지금 나와 다른 이질적인 항들을 연결해보려는 시도를 통해 나의 잠재성을 발견해보는 것은 어떨까.

니체가 발견한 놀라운 것은 무엇이었을까? 들뢰즈가 이야기하는 잠재성과 연결되지 않을까.

17) 들뢰즈, 차이와 반복

낙타, 사자 말고 오직 아이

그 아름다운 손짓은
나도 모르게
떠오르는 태양을 떠올려

그 아름다운 몸짓은
나도 모르게
미소 짓게 만드나 봐

그 아름다운 눈동자는
너만 모르게
에메랄드빛 지구를 떠올리고

그 아름다운 까르르는
누구에게나
얼었던 마음에 봄이 오게 해

귀로 이끌린 곳은
눈이 머무르는 곳이 되어

으라차차
영차영차
아장아장
그래그래

세상을 향해
온몸을 다해

한 걸음 한 걸음

티 없이 맑은 우주여
오늘의 희망이 되어
내일의 기쁨이 되어주오

낙타, 사자 말고 오직 아이

"무언가를 창조하려고 한다면 어린아이를 유심히 지켜보라. 어린아이가 비밀을 말해줄 것이다. 어린아이는 의도를 갖거나 기대하지 않는다. 창조를 통해 무언가를 얻으려 하지 않는다. 하나하나가 새로운 시작이다. 그럼에도 기를 쓰지 않는다. 힘들이지도 않는다. 창조조차 유희이다. 모든 것을 오롯이 홀로 해낸다. 거기에는 성공도 실패도 없다. 모든 행동 하나하나가 유일무이한 기쁨을 가져다준다. 온갖 것을 재료로 하며, 모든 재료를 있는 그대로 긍정한다. 자신의 손으로 만든 모든 것을 긍정한다. 그야말로 성스러운 긍정이다."[18]_〈차라투스트라는 이렇게 말했다〉 니체

〈차라투스트라는 이렇게 말했다〉에서 니체는 인간을 낙타, 사자 그리고 아이에 비유한다. 낙타는 성실한 노동자, 사자는 맹목적 노동을 의심하는 귀족, 어린아이는 마냥 기쁘게 살아가는 존재이다.

우리 모두 어린아이를 거쳐 어른이 된다. 고로 공평하게 모두 어린아이였던 사람들이다. 그저 너무 많은 것을 알아버렸을 뿐. 아이를 보고 있으면 꽃을 보는 것처럼 나도 모르게 입가에 미소가 번진다. 가끔은 순수한 아이처럼 망각하는 존재가 되어보는 것이 필요할지도.

18) 니체. 사라토리하루히코 편역. 박미정 옮김 (2014) 〈니체의 말 II〉. p251

하찮은 독백

날이 갈수록 어렵고
해를 거듭해도
익숙해지지 않는 것이 있다

어디까지 내보였던 걸까
돌이킬 수 없는 여정이었기에
거듭된 다짐에도 가늠할 수 없다

그래도 하루하루 매 순간순간
주어지지 않은 몫까지
확신을 하고 끌어모으는 중이다

주어지던
주어질 것이던
모든 것의 시작은 '나'로부터 일 테니

다가올 이별이 두려워
무미건조한 타인의 시선이 두려워
행여 세계의 총체가 나를 분노케 할지라도

던져진 상황 속에 갇혀
자신을 잃지 않을 것을
명심 또 명심할 것이다

모름지기 이 세상은 언제나 불편하지만
나쁜 상황은 있어도 나쁜 사람은 없기에
다시 한번 행복의 매듭을 단단히 묶어본다

내가 할 수 있는 일은 오직
그대들의 마음을 움직일 수 있게 하는
나의 진실한 손짓과
나의 진심 어린 열정이니
줄 수 있을 만큼 주고 또 줄 것이다

다시금 헤아릴 수 있다
그대들은
나의 존재의 이유이며 사유의 시작임을

하찮은 독백

"오직 구체적인 책임 안에서만 생을 제대로 의식할 수 있다. 생을 의식화하는 것은 존재-소여가 아니라 오직 사건으로만 가능하다." _ 〈예술과 책임〉 바흐찐

만남이 있으면 헤어짐이 있다는 사실은 누구나 잘 알고 있다. 그러나 이별에는 도무지 익숙해지기 어렵다. 특히 내가 가르치던 아이들과의 이별이 그렇다. 엄마 손 잡고 초등학교를 갓 입학한 병아리였던 아이들이 어느새 졸업하던 날이었다. 제자 중에서도 유독 애착이 가던 아이들이었다. 그 아이들에게 편지를 썼다.

"너 또한 한 편의 시가 된다는 것."

편지의 마지막 구절이었다. 영화 〈죽은 시인의 사회〉 키팅 선생님의 대사로 나의 어지러운 감정의 마침표를 찍었다. 그 이후 이 시, 나의 '하찮은 독백'은 저절로 써졌다.

덧붙여 졸업한 나의 제자들에게 해주고 싶은 말이 있다.

"얘들아, 너희들이 여태 보여준 무대들이 아름다운 추억이 되어 중학생이 되어서도 멋진 도약을 할 수 있기를 바란다. 다가올 너희들의 모든 날이 눈부시길 바라며. 지은 쌤이."

그랬구나

그랬구나
그때 내가 본 것은
절대적 불쾌함의 마주침이었구나

내 자식은 항상 옳고
남의 자식은 뭘 해도 틀리는구나

내 자식이 울면 가슴이 찢어져
한달음에 달려와
내 새끼는 잘못 없다 우겨대니
내 귀가 찢어질 거 같구나

남의 자식이 울면
가식, 혐오, 여우, 거짓말쟁이
개념 치 못한 말들을 쉬지도 않고 내뱉어대니
이상하게 체할 거 같구나

도대체 내 자식 귀한 줄 알면
남의 자식은 귀한 줄 왜 모르니

가해자 피해자 놀이가 재미있던가
하나둘 적을 만들면 남는 것은 무엇인가
불편한 세상이니 제 뜻대로 이루어져야만 하는 것인가

그랬구나
앞만 보고 달리는 경주마로
세상을 바라본다면 다음 생에도 상견에 함몰될 것이니

오늘도 반면교사 하는 하루
가슴에 마음에 정신에 새겨야겠구나

그랬구나

아이들에게 무용을 가르치며 선생님이라는 호칭을 달고 살아가는 와중에 마주친 하나의 사건은 시로 탄생하였다. 아이들과 학부모들과의 소통을 통해 정면교사와 반면교사를 가슴에 새긴 적이 더러 있다. 그런 순간은 계속 찾아온다. 그렇게 반면교사가 많아진 요즘.

나는 어떤 부모가 될 수 있을까. 생각이 많아지는 밤이다.

그날이 없었더라면

떠나려는 막차를 붙잡고서
애타는 마음으로 건네던 그 수줍은 악수를 기억하니
불완전했던 나날들이 선명해지던 순간이었어

당신과 눈이라도 마주치면 중력을
거부한 입꼬리는 내려오는 법을 잊었고
태평양 같은 당신의 바다에 안길 때면
스르륵 녹아버리는 솜사탕이 되었고
비 오는 홍대거리 하나의 우산 속,
두 개의 심장 소리가 타닥타닥 빗방울과 화음을 이루고
귀뚜라미 우는 한여름의 밤,
한강에 누워 서로의 입에 포도알 넣어주며
별이라도 바라보고 있으면,
오직 당신과 나만이 존재하는 세상으로 바뀌었지

당신은 내게
내일의 날씨, 빛나는 청춘, 완전한 무너짐, 상실의 시간,
손깍지의 주인 그리고 지속될 기쁨 그 이상일지도 몰라

서로가 서로에게 물들어간다는 것은
퍼즐을 완성해 나가는 것과 같은 말이었어
그렇게 완성된 퍼즐은 차곡차곡
하루의 밀도를 채워준 당신으로부터 비롯된 것임을

당신이 수줍게 악수를 건네던 그 날이 없었더라면
나의 미래는 그려지지 않았을 거야

미래와의 관계, 즉 현재 속에서의 미래의 현존은 타자의 얼굴과 얼굴을 마주한 상황에서 비로소 실현되는 것처럼 보인다. 얼굴과 얼굴을 마주한 상황은 진정한 시간의 실현이다. 미래로 향한 현재의 침식은 홀로 있는 주체의 일이 아니라 상호 주관적인 관계이다." _레비나스, 시간의 타자

모든 사람의 기억 속엔 '그날'이 존재한다. 그날이 누군가에겐 인생일대의 사건이었을 것이고, 누군가에겐 사람으로 기억되는 시간이었을 것이고, 누군가에겐 잊지 못할 사진 같은 추억으로 기억될 것이다.

그때 당시에는 느끼지 못했지만, 시간이 흘러 지나고 보니 나에게 '그날' 은 그 무엇보다 바꿀 수 없는 소중한 날이었음을.

인생은 기막힌 타이밍이라는 것을 깨달으며 저절로 쓰인 시다.

문학소녀

단정하게 양 갈래로 땋아 묶은 머리
정갈하게 다려 입은 프레아 치마 교복
두 팔에는 소중하게 품은 책 한 권
수줍은 듯 옅은 미소를 머금은 한 소녀가 있다

그 소녀는
내일을 위해 평생을 인내하는 법만 배워서
정이 참 많고 눈물이 너무나 많아서
행복은 늘 유예상태이다

그 소녀는
내게 인생의 희망과 기쁨 그리고
감히 헤아릴 수 없는 사랑만을 퍼주느라
행복은 늘 유예상태이다

그 소녀는
올려다볼 수 없는 커다란 산이었다가
애증의 존재의 시간이었다가
온 마음의 은신처가 되어주었으니
이제는 이 한 몸 바쳐 평생을 지켜주고픈 사람이다

흑백사진 속 어딘가 생생한 아픔을 지닌
한없이 보듬어주고픈
이육사의 청포도를 평생토록 잊지 못하는 문학소녀여

이제 당신의 인생에 있어 우선은 언제나 당신이기를
이제 당신의 인생에 있어 행복은 언제나 지금이기를

문학소녀

나에겐 문학소녀. 긴말이 필요 없는 그녀. 나의 자부심이자 아직도 넘어야 할 산. 나는 우리 엄마 같은 엄마가 될 수 있을까.

이제 행복해지자 우리, 아프지 말고. 사랑합니다(아빠도).

작은 거인

그녀는 2호선을 타고 다니는 철학자

내 정신에 먹물이 번져 잠시 손과 발이 잘려나갈 때
잊을 만하면 거짓말처럼 눈앞에 나타나
탁하게 오염되어가는 나의 정신에 끊임없이 맑은 물을 부어주며
다시금 단독성으로 삶의 재배치를 이끌어주는 고마운 사람

하루하루 따뜻함과 냉철함을 오가며
벼랑 끝에 매달려있는 날개 잃은 천사들에게
매일 같이 동아줄을 선사하는 멋진 사람

오직 예술과 낭만, 그리고 사랑만이 삶의 목적이라 외치는
그 작은 몸짓 속에
커다란 아우라가 느껴지는 신기한 사람

본인만의 자기장으로 에너지를 분산시켜
주변 사람들에게 기꺼이 사막의 오아시스가 되어주는 맑은 사람

그녀는 2호선을 타고 다니는 철학자

영원히 체제 바깥에서 손짓하며 일상의 환희를 함께 할
영원히 나만의 작은 거인으로 존재할
더없이 소중한 내 사람

레비나스 타자의 무한성

"타인과의 관계가 존재 일반에 대한 이해를 좌우한다." _레비나스

누군가를 무한으로 대한 적 있는가?

인생에 무한으로 다가가 무한으로 대할 수 있는 '타자'가 있다면 좋은 삶이라 말할 수 있을 것이다. 지금 당신에게 유일한 '너'가 있는가. 아니 누군가에게 무한의 '너'로 다가간 적 있는가. 무한으로 서로 오고 갔던 사람을 생각하며 쓴 시다.

3부

불쾌한 세상, 살아남기

시간 병

고무줄 힘껏 당겼다
고무줄 힘껏 놓았다
번 아웃(burn out) 상태

빨간불도 아닌 게
초록 불도 아니고
주황 불인 상태

고무줄 다시 잡았다
고무줄 다시 놓쳤다
탄성 잃은 상태

너무나 인간적인
그러나
너무나 인과적인 상태

죽은 시간, 관조의 시간을 사는 현대인

"죽은 시간 없이 살라."_기드보르

우리는 스펙터클의 사회를 살고 있다. 새벽, 졸린 눈을 비비고 일어나 만원 지하철에 몸을 맡겨 도착한 곳. 그곳에서 이리 뛰고 저리 뛰다가 번 아웃이 된 몸뚱어리를 다시 만원 지하철에 싣고 집으로 돌아온다. 그러고서는 티브이든, 스마트폰이든 모니터만 바라보다 지쳐 잠든다. 가상의 시공간에서 나의 오감은 모니터에 지배당했다. 나의 시간은 죽었다.

잘 짜인 대한민국 시나리오

아침은 서둘러 재촉하고
낮은 처어언 처언히 흘러가고
밤은 축져진 뒷모습을 하고 있다

아침은 일찍 일어난 풀 끝에 앉은 새
낮은 쉴 틈 없이 꿀을 나르는 벌
밤은 덤덤하게 귀를 기울이는 쥐

금빛 노을을 바라보다 얼굴을 감출세라
조심스럽게 창문을 당겼던 그 순간
차디찬 찬 바람, 번쩍 정신 들게 할 때쯤이었다

더 이상 지체해선 안 된다
더 이상 약해지면 안 된다
더 이상 부정하면 안 된다

어쩌면
'반칙'을 가장한
내가 나에게 하사한
'레드카드' 일지도 모르는 일

어쩌다
나는 나에게 속고
너도 너에게 속고
걔는 자기계발서에 속고
걔는 자본들에게 속고

속고 속고 속고

그 속도는
대한민국 제일 잘하는
'LTE'급 이더라

알튀세르 이데올로기

"이데올로기는 개인들이 자신들의 현실적 존재 조건들과 맺는 상상적 관계들의 표상이다."_이데올로기와 이데올로기의 국가장치 中

이데올로기가 없는 사회는 없다. 고로 인간이 벗어날 수 없는 구조가 이데올로기다. 우리는 나도 모르게 세계가 만들어 낸 이데올로기를 무의식적으로 내면화한다. 문제는 이데올로기가 현실을 있는 그대로 보여주지 않고 왜곡한다는 데 있다.

자본가적 이데올로기에 포섭된 노동자는 사장보다 더 회사 매출 걱정을 하며 칼퇴근을 못 한다. 남, 여를 가르는 이데올로기에 포섭된 사람은 혐오를 조장한다. 자본주의적 이데올로기가 무의식적으로 작동하는 사람은 '돈이 최고의 가치'라는 물신주의에 빠진다.

그렇다면 어떻게 해야 할까? 우리 삶에 이미 들어와 있는 자본주의적 이데올로기를 해체, 와해하고 우리 삶을 긍정하는 새로운 이데올로기가 필요하지 않을까?

에로스를 찾아서

무거운 눈꺼풀을 올리고
햇빛을 마주하는 순간부터
감정들에 뒤섞여진 언어들을
내 생각이라 믿고 내뱉는 것이
인간들인지라
타인은 지옥일 수밖에 없지만
그런 타인으로 인해 살아가고 있음엔
부정할 수 없으니
참으로 어려운 사회다
이 어렵고 모진 사회라 할지라도
시소 건너편으로 넘어 가다 보면
어쩌면 사람 냄새 가득한 지옥일 수도 있다
결국 갈망하는 너의 계기로 삼아
의식 저 너머 욕망의 흐름을 따라가라
진정으로 원하는 욕망이 무엇인지를 깨닫게 된다면
비로소 가벼워진 눈꺼풀을 뜨며
제3의 세계를 직면하게 될 것이다

에로스를 찾아서

"나는 존재하지 않는 곳에서 생각한다. 고로 나는 생각하지 않는 곳에서 존재한다."_라캉

라캉은 인간이 경험할 수 있는 세계를 상상계, 상징계, 실재계로 구분했다. 상상계는 언어를 배우기 이전 거울 속 아기와 같은 세계다. 상징계는 주로 우리가 살아가는 현실이다. 여기서는 인정 욕망을 추구한다.

반면 실재계는 체제 밖 욕망의 세계다. 가령 남들 따라서 돈 많이 벌 수 있는 직업을 찾는 그런 욕망 말고, 나는 나로서 살겠다는 욕망 같은 것이랄까. 이 실재계는 무언가로 상징화되지 않은 세계, 언어로 표현될 수 없는 세계다. 이 시의 '제3의 세계'가 바로 실재계다. 니체도 시대가 부여한 가치와 다르게 살 욕망을 긍정하라고 했다. 우리는 언제 인정받고 싶은 욕망에서 벗어날 수 있을까.

리좀 덩어리

절망도 유
희망도 유
온몸으로 받아들이는 것도 ‘유’

절망적인 희망이라 말하지 말고
절망적인 절망을 사무치게 재배치하여
다시 한번 절망 속으로 들어가 살아라

그다음 부턴, 시작하지도 끝내지도 마라
오로지 나 자신의 물음에만 답하고 살아라
그렇게 살아라

들뢰즈가 말하는 욕망: 리좀

라캉의 결핍으로서의 욕망이 아닌, 리좀의 욕망 제시

"리좀이 차단되어 나무처럼 되면 모든 것은 끝장이고 이제 욕망으로부터는 아무것도 생기지 않는다. 욕망이 움직이고 생산하는 것은 언제나 리좀을 통해서니까. 욕망이 나무를 타고 올라가면 반드시 내적인 추락들이 생겨, 욕망을 좌절시키고 죽음으로 몰고 간다. 하지만 리좀은 외부적이고 생산적인 발아를 통해 욕망에게 작동한다." _ 들뢰즈 〈천 개의 고원〉

리좀은 다양한 잔뿌리 같은 걸 말한다. 들뢰즈는 사람의 욕망은 나무뿌리처럼 획일화되면 안 되고, 고구마 줄기처럼 다양해야 한다고 보았다. 즉 욕망의 다양화다. 이는 민주주의 밑천이 될 수 있다.

현재 초등학생을 가르치고 있다. 어떤 아이는 말한다. 건물주가 되고 싶다고. 건물주를 꿈꾸는 초등학생. 이렇듯 현대사회의 욕망은 돈 잘 버는 하나로 욕망으로 단일화된다. 하지만 세상이 하나의 욕망만을 쫓는 순간, 욕망에 실패한 다수의 사람은 그 허기를 충족시키기 위해 폭력도 정당화할 수 있다. 차별, 혐오, 배제가 난무하는 이유다.

리좀은 시작하지도 않고 끝나지도 않는다. 리좀은 언제나 중간에 있으며 사물들 사이에 있고 사이-존재이고 간주곡이다. 나무는 혈통 관계지만 리좀은 결연 관계일 뿐이다. 나무는 "~이다"라는 동사를 부과하지만, 리좀은 "그리고... 그리고... 그리고... 그리고...."라는 접속사를 조직으로 갖는다. 이 접속사 안에는 '이다'라는 동사를 뒤흔들고 뿌리 뽑기에 충분한 힘이 있다.

어디로 가는가? 어디에서 출발하는가? 어디를 향해 가려 하는가? 이런 물음은 정말 쓸데없는 물음이다. 〈천 개의 고원〉

이제, '나는 ~이다'라는 정의 말고
'나는 ~이고, ~이고, ~이고...'로 정의 해보자.

자화상

눈 앞에 황량한 사막이 펼쳐진 후
“앞으로 가” 다그치는 목소리 들려오고
발목이 푹푹 빠지는 불안한 모래밭 위
다급히 주위를 둘러보니
모두 눈과 귀와 입을 닫은 채 푹푹 발목 담가 가며
앞으로만 전진하고 있다

이봐, 송 대리!
‘아 이런 꿈이었어’ 자각하던 찰나
오후 2시를 가리키던 시계를 보면서
오늘이 토요일이 아닌 금요일임을 직면하였다

허망함과 기대감에 짓눌러져 버린 금요일
내 눈동자는 습관적 움직임으로 시계만을 찾는다
그토록 빨리 흘러가길 희망했던 시간이
시곗바늘 정확히 ‘6’을 가리키고 난 후에는
이상하게도 1분 1초가 눈앞에서 지워 지는 기분이다

사막의 오아시스 같던 금요일 퇴근길이었건만
그 날 따라 모래바람만 불어 닥치는
사막 속에 나는 앞으로 나아갈 수 없었다

불타는 금요일
불타오르는 토요일
월요일이 다가오는 일요일
누가 정한 게 아닌데
나인 투 식스 이름표 달린 자들에게
정의 내려진 애석한 삶의 연속

불타던 금요일이 아이러니하게도
다가올 자본과 시간에 속박되어
우리의 소중한 즐거움은 사치가 되어 버린 나날

우연한 마주침이라 부르기엔
일주일이라는 출구 없는 미로 속을 헤매며

오늘도 빨간 꽃, 노란 꽃, 꽃밭 가득 피어도
톱니바퀴는 돌고 사막의 모래는 단단해지지 않겠지만
그대들의 휴일은 누추하게 만들지는 말지어다

자화상

"어디로 가는가? 어디에서 출발하는가? 어디를 향해 가려 하는가? 이런 물음은 정말 쓸데없는 물음이다... 중간에서 떠나고 중간을 통과하고 들어가고 나오되 시작하고 끝내지 않는 것이다."

_ 들뢰즈

들뢰즈는 말한다. 실패할지 모른다는 두려움 때문에 무(無)로 되돌아가지 말라고. 들뢰즈가 말하는 '리좀적 삶'은 출발점도 종착역도 없다. 모든 게 끝났다고 절망할 때도, 모든 게 해결되었다고 기뻐할 때도, 뭐가 뭔지 알 수 없어서 방황하는 이때도 우리는 계속 중간을 달리고 있다. 그 중간에서 리좀은 자란다.

삶을 증식시키는 차이를 탐색하고 그 속에 직접 뛰어들 시간이다.

생존 여부를 묻는 관습에 대하여

자기 자리를 마냥 행복해하는 사람과
자기 자리를 만족하지 못해 방황하는 사람과
자기 자리를 위한 선택과 집중을 하는 사람과
자기 자리를 늘 불안해하는 사람과
자기 자리에 늘 불만족을 표현하는 사람과
자기 자리에 연연하는 사람들은

하나같이 초점 잃은 눈과
뻐끔거리는 붕어의 입 모양을 하고 묻는다

올해는 생존했어요?

그대들이 말하는 자기 자리가 과연 진짜 자기 자리인 건가
그러니까 위치? 지위? 직업?
쉽게 말해, 정규직 노동자? 비정규직 노동자?
계약서에서 언제나 '을'의 입장이 되는 자?

나의 자리는 그 어디에도 속하지 않는다고
그냥 나는 이끄는 길을 가는 것에 집중할 뿐이라고
생존이고 나발이고 감투를 뒤집어쓴 관습은 집어치우라고

생존 여부를 묻는 관습에 대하여

"위험하게 살아라." _니체

취업 스트레스로 자살까지 하는 청년들. 과연 취업이 존재 실현이 될 수 있는가?

과연 소속은 완고한 정체성을 구성할 수 있는가?

과연 속된 안정... 이것이 삶의 준칙이 될 수 있는가?

사르트르는 하나의 정체성, 이름, 명사로 나를 가두어 놓는 것은 자기기만이라고 했다.

이제, "위험하게 살라"는 니체의 말을 들여다볼 시간이다.

판단중지

그곳은 거부할 수 없는 곳이었으므로
스스로 미끄러져 나와야 했다
차갑고 어지러운 미지의 세계 속
따뜻한 온정으로 머무를 수 있는 곳
나를 둘러싼 애정 어린 사건들을 감사해야 했으므로
매일 찾아오는 오늘에 길들어야 했다

계속해서 땅을 보며 걸어야 했고
걷다 보니 앞을 봐야 했다
앞을 보며 걷다 보니 뒤를 봐야 했고
뒤를 보며 걷다 보니 아득하여 침묵하기로 했다
침묵하기로 했으니 다시 내디뎌야 하는
남루한 낙타 같은 시간이여
지금 멈추면 이 별에서는 이별이야
지독한 규칙이 자꾸만 꼬리표처럼 달라붙는다

모두가 처음인 오늘인 것을
성장은 고통에서 나온다는 규칙은 왜
사건화되지 못한 채
철저하게 은폐화 되었는지 의문이다

언제까지고 상징계 안을 맴돌며
바닷물을 생수처럼 마실 것인가
습관이 규칙이 되고 규칙이 습관이 된
나를 돌보지 않은 나에게
판단중지가 필요한 순간이다

판단중지

"네가 선 위치 그 대로에서 미리 주어진 어떤 것도 받아들이지 말고, 너 스스로의 탐문을 통해 철학을 하라." _후설

후설이 가장 강조했던 건 바로 '판단중지(에포케).' 판단중지를 하는 이유는 선입견, 의미가 생기기 이전의 상태로 돌아가기 위해서. 그 상태에 돌아가고 나서야 그제야 보이는 것들이 있다.

책임의 보편성

타의적 압박에 기어코
총대를 쥐고야 말았고
누구보다 빠르게 눈동자를 굴렸다

허공을 두둥실 떠도는
수많은 그 총알들은
어느 누구도 향하지 못하였다

가슴 안쪽으로 손을 콱 찔러 넣어
깊숙이 두들겨보아도

어제의 나인지
오늘의 나인지는
알 수 없다

굶주린 총알 하나
제 주인을 찾겠다고
타이머를 장착하고 나섰다

그 모습은 마치
사진으론 담을 수 없지만
그림으로 그리면 담을 수 있는
풍경이었다

총성은 없지만
양심은 두근대는 가운데

누군가 총대를 쥐어야 만이
비로소 멈춰지는 주체성을 잃은
곪아 터져 존재하지 않을 누군가의 책임들

아우성 없는 전쟁터 속에서
단독성을 잃어가는
책임만이 울려 퍼지고 있다

책임 전가

이 시의 인물은 특정한 어떤 사람을 가리키는 것이 아니다. 우리 모두 해당자가 될 수 있다

길거리에 쓰러진 사람이 있다고 하자. 그의 행색은 노숙자를 연상시키는 차림새이며 동시에 악취로 진동한다. 당연하다는 듯 외면, 심지어 온갖 인상을 찌푸린 얼굴들, 그 모든 상황을 경계하고 관찰하지만, 선뜻 나서지 못하는 나 자신에게도 화가 나는 상황.

이는 지독하게 학습된, 그 지독한 이분법적인 논리에 우리는 외면을 당연시하는 세상에 살고 있고, 연대라는 멋진 말들로 포장한 채 살아가고 있는지도 모른다. 그렇게 차디찬 바닥에 얼굴을 맞대고 눈을 지그시 감고 쓰러져 사연이 많아 보이는 얼굴을 한 그 사람은 굶주림에 일어설 힘이 보이지 않는다. 그 사람 또한 이 세상에서 최선을 다하고 열심히 살아온 사람일 테지. 더 이상 엎어질 곳이 없으니 일어나지 못하는 걸 왜 외면하고 망각하고 손가락질만 해대는 것일까.

사르트르의 앙가제(존재론적 사회참여)

“우리는 실존에 대하여 전적으로 책임을 져야 한다. 우리의 책임은 우리가 상상할 수 있는 것보다 훨씬 더 크다. 왜냐하면, 우리의 책임은 인류 전체에 앙가제하기 때문이다. 개인의 행위는 인류 전체에 앙가제한다. 내가 결혼을 해서 아이를 갖기를 원한다면 나는 이 결혼을 통해서 나는 나 자신에게 앙가제할 뿐만 아니라 일부일처제의 길 위에서 인류 전체에게도 앙가제 하게 된다. 이처럼 나는 나에 대해서, 그리고 모든 이에 대해서 책임이 있는 것이다.” _사르트르

이 세상이 아픈데 나 혼자 행복할 수 있을까? 우리는 어떤 방식으로든 이 사회에 존재론적 참여를 할 수밖에 없다. 우리는 실존적 주체이기에 앙가제(존재론적 사회참여)를 안 할 수 없다. 부조리한 상황에 기투하는 피로감으로 인해 자유와 실존을 피하려 한다면 그것은 자기기만이다. 당신은 인간인데 왜 죽어있는 사물처럼 행동하는가?

'열심히'라는 말

나는 '열심히'라는 말을 좋아하지 않습니다

열심히 살아야 합니다
열심히 일합시다
열심히 돈 법시다
열심히 먹읍시다
열심히 건강합시다
열심히 사랑합시다
열심히 행복합시다
열심히 불행합시다
열심히 관조합시다

계속 열심히 열심히 만을 강조하는
스펙터클 사회의 비루한 치열함이
오늘 밤 웅크린 채 뜬눈으로 밤을 지새우게 하더니
다음날엔 벼랑 끝으로 몰고 갑니다

어떤 의사는 우울증 만기 환자에게
'열심히 힘을 내라'는 치졸함을 처방합니다

어떤 상담사는 죽음을 목전에 둔 자에게
'열심히 살아 볼 계획을 세워야 한다'라고
폭력을 휘두릅니다

어떤 교사는 왕따를 당하고 괴로워하는 아이에게
'네가 친구들과 열심히 잘 어울리지 못했기 때문'이라고
쥐몰이를 합니다

글쎄요,
고양이가 열심히 새끼를 키우던가요
꽃이 열심히 꽃을 피우던가요
바람이 아주 열심히 불던가요

더 나은 세상을 만들어보려고 탄생한
그 열심히 하는 말은
주입식 교육이 낳은 폭력이자
이데올로기의 집착인지도 모르겠습니다

"결정적으로 존재한다는 것은 항상 됨(常見, 상견)에 집착하는 것이고 결정적으로 존재하지 않는다는 것은 단견(斷見)에 집착하는 것이다. 그러므로 지혜로운 사람은 있다거나 없다는 데 집착해서는 안 된다."[19)] _ 나가르주나

열심히 해서 상견에 빠지는 사람들

나가르주나라는 철학자가 있다. 제2의 싯다르타이자 동시에 대승불교 여덟 종파의 시조다.

그는 세상을 바라보는 헛된 시각을 두 가지로 정리했다. 하나는 상견(常見), 또 하나는 단견(斷見)이다. 이 시에서는 상견(常見)을 다루었다. 인도철학에서는 이 상견을 인중유과론(因中有果論)이라고 부른다. 즉 원인 속에 결과가 있다는 것이다.

나가르주나는 '있음'에 집착하면 상견에 빠진다고 했다. 내가 열심히 해서 계속 '있음'을 추구하면 된다는 사고, 열심히 했으니 반드시 그 노력의 결과가 오리라 당연히 믿는 태도, 이것이 상견(常見)이다. 하지만 삶이 계획대로 되던가?

푸코가 말하는 자기 배려

"자기 배려란 나의 쾌락이 체제에 의해 형식화되어 있다는 진실을 깨닫고 자기 자신을 작품처럼 가꾸는 기술이다." _ 푸코

19) 나가르주나, 김성철 옮김, (1993) 〈중론〉 경서원, p257

푸코가 말한 대로 이제는 스스로를 부정하게 만드는 맹목적 자기계발이 아닌 스스로를 있는 그대로 긍정하고 잠재력을 안아줄 자기 배려를 해보는 것은 어떨까?

위기 속에는 시그널이 존재한다

늘 그랬듯 위기 속에는 시그널이 존재한다
위기는 나를 더 강하게 만든다는 고찰은 사실일까
쉬운 길을 선택하지 않겠노라 다짐했던 신념은
지켜질 수 있을까

늘 그랬듯 위기 속 불안은 나를 공중으로 내 던지지만
이내 사랑과 덧없음이라 등장한 언어들이
나를 들어 올린다는 사실 또한 부정할 수 없다

아늑함이라는 가면을 쓴 채로
팽팽해진 공기가 나를 천천히 옥죄여오고
어느새 하늘에선 따끔한 바늘이 비가 되어 찔러온다

검정 크레파스 한 자루 닳아 없어질 때까지
긋고 또 긋고 점점 자신을 잃어 갈 때
하염없이 떨어지는 바늘 하나 집고서 새로운 나를 그어본다

다가온 모든 위기 속에는 아찔한 비가 내리지만
위기를 내 것으로 취하면 다른 행성에 갈 수 있다
늘 위기 속에는 시그널이 존재하니까

저기 날아가는 새들도 험난한 기류를 타고
공포 속을 날아가고 있을지도 모른다

위기 속에는 시그널이 존재한다

"나를 죽이지 못하는 것들은 나를 더 강하게 만든다." _니체

니체의 힘의 의지는 인간의 삶이 비극이라는 사실을 긍정하는 힘이다. 니체에게 인간의 가능성은 그런 것이다. 우리는 궁극의 존재니까 말이다. 니체가 보기에 인간은 죽음이라는 최종지점이 있기에 신을 넘어설 수 있는 존재다. 유한한 존재. 그렇기에 최선을 다한다. 삶이 영원하면 최선을 다할 필요가 없을 테니까.

주이상스를 위하여

언제부턴가 상상력은
무의식에서 비롯된 거라고
가슴에 새긴 적이 있습니다

심연의 기대가 낳은 상상력은
내게 풍요를 선물했지만
눈 한번 깜박했더니
물안개처럼 흐릿해져 갑니다

고된 여정 속 길들여진 상상력은
본연의 자비마저 상실하여
과거에만 머무르게 합니다

내가 살고 있는 이 세상에서
철저하게 길들여진다는 것은
꼭 최면에 걸린 것 같아서
상상력도 자기 최면에 지나지 않습니다

애석하게도 길들여진 세상은
그런 것과 아닌 것
이 두 가지만을 강조합니다

어쩐지 소화가 안 되고
진절머리가 나는 대목입니다

그러고 보니 최면이 초래한 나는
이미 파괴 된 지 오래입니다
그리고 낙타 사자 둘 중에
어디에 가까워졌을지 상상해봅니다

상상하는 사유가 때론
성가실 수 있습니다

그러나 길들여진 세상이 우연이라면
필연의 질서들을 깨야 비가 내릴 것입니다

라캉의 주이상스

“자신이 욕망하는 것이 진실로 자신이 소망하는 것인지 아닌지를 알기 위해서는 주체는 다시 태어날 수 있어야 한다.” _라캉

인간은 타인의 욕망을 욕망한다고 했던 철학자 라캉. 그렇다면 타인의 욕망이 아닌 내 욕망을 자각하는 방법은 없을까? 있다. 하지만 고통이 함께 온다. 왜냐하면, 라캉이 말한 대로 기존의 삶의 관성을 버리고 다른 사람, 다른 주체가 되어야 하기에. 그 고통을 통과하면 불편하면서도 강렬한 향락, 주이상스가 기다리고 있다.

PS. 당신은 안녕하신가요?

가슴 속 깊숙이 어둠이 내려앉고
며칠째 마음은 가뭄으로 쩍쩍 갈라져 가는데
애석하게 내 뺨은 홍수가 났으니
풀려버린 두 다리를 다시 세우고
내가 할 수 있는 건 어리석은 환상에 잠기지 않은 채
'별을 바라볼 수 있다는 것'
그뿐이다

간밤에 퉁퉁 불어버린 환멸감 따위가
내 하루를 묵인해 버렸으므로
환멸, 절망, 좌절, 타협, 허무를 비롯한
쓸모없는 말들을 곱게 접어
감당할 수 있는 별에게 날려버리자

사색이 계속될수록 영혼은 흩어지고
한숨이 잦아들수록 뒷걸음만 치게 만들고
밥을 먹을수록 허기로 가득 차고
하늘을 보라는 말에 가리키는 손가락만을 보고
미움이 커질수록 썩은 사과를 베어 문다는 것

모순된 모든 일상에 익숙해질수록
다가올 마주침의 가치는 멀어져가고
무슨 영문인지 귀에서는 달팽이가 울부짖는데

어쩌면...
PS. 당신은 안녕하신가요..?

이 시를 읽으면 눈물이 도래한다. 이유는 모르겠지만 가슴은 뜨거워지는 시.

입말에 가깝게 쓰인 시들에 비해 구토하는 심정으로 토해져 나온 문장들과 단어들. 알 수 없던 감정에 사로잡히고 눈물에 사로잡혀 쓰고 나서도 읽고 또 읽었던 시다.

삶에 우울함이 찾아온 사람에게 진정한 위로란 "지금 안녕하냐"는 말 한마디일지도 모른다. 그 감정을 툭 건드려 문장을 토해내든, 울음을 쏟아내든, 화산처럼 폭발이라도 해야 한다. 그렇다. 인간에게는 용암은 절대적으로 흘러야 한다. 분출해야 한다. 인간이란 분노할 일에 대해서 분노해야 하고 슬퍼할 일에 대해서도 충분히 울고 나야 그다음이 보인다. 거기서 끝내선 절대 안 된다. 무엇이든 생산적인 가치, 나를 일으켜 삶으로 다시 떠오를 수 있게 하는 용암으로 살아가야 한다. 무슨, 무슨 주의나 담론에 휘둘릴 필요는 없다. 나라는 사람은 유일무이한 존재니까. 나에게 이 시를 쓰던 날은 나만의 단독성을 새기는 하루였다. 자만하지 말되, 단독성은 빛이 날 수 있도록 오늘도 타자를 두드려 본다.

니체의 위대한 정오

위대한 정오(The Great Noon)란, 인간이 자기 행로의 한복판인 동물과 초인의 중간에 서서 저녁으로 향하는 자신의 여로를 자기의 최고의 희망으로서 축복할 시간이다. 그것은 새로운 아침으로 향하는 길이기 때문이다. 그때 몰락해 가는 자는 자기 자신을 축복할 것이다. 그는 초인을 향해 건너가고 있기 때문이다. 그리고 그의 인식의 태양은 정오에 머물러 있을 것이다. "모든 신은 죽었다. 이제 우리는 초인이 살기를 원한다." 이것이야말로 위대한 정오가 갖는 최후의 의지가 되게 하라! _니체, 짜라투스트라는 이렇게 말했다, 98쪽

생이 무너진 상황에서도 니체는 자살하지 않았다. 불행한 운명을 지켰다. 생을 긍정하는 의지로 고독의 순간을 버텼다. 혹시 우리는 살아있음을 쉽게 부정하지는 않던가. 그렇다. 원래 삶의 충동보다는 죽음 충동이 더 쉬운 법이다. 그런데도 역설적인 나를 긍정하라는 니체. 니체의 말처럼 더 슬퍼지고 더 기뻐져야겠다.

인간만의 세상

1.
하루 200곳을 돌고
하루 2만 5천 걸음을 걷고
양어깨에 인생이라는 짐을 싣고 수백 번 원치 않는 등산을 하고
종이봉투에 눌어붙은 붕어빵으로 저녁을 때우며 말하기를
“땀 흘린 만큼 버는데 뭘 바래요. 이만큼 정직한 삶은 없어요”

2.
지나가는 사람들의 우산 끝자락에 떨어지는 빗방울을 보며 날씨를 가늠하고
오고 가는 사람들의 옷차림새가 가벼워지는 것을 보며 봄이 다가왔음을 느끼는
지하철 1평짜리 책방 아주머니는 책방 아줌마로 불리는 것에 더할 나위 없이 행복하다고 말한다
“책 속에는 가야 할 길과 인생이 있어요, 나는 시를 쓰며 사는 인생에 큰 기쁨을 느껴요”

3.
지하철 노점상 일을 하는 아저씨는 상자를 통째로
도둑맞았지만
그는 입가에 미소를 띠며 말하기를
“허허, 나보다 더 어려운 사람이 있었나 봐요”

4.
태양이 예열되기도 전에 죽어가는 깡통에
몸을 싣는 꿈 꾸는 자여,
오늘도 서로의 어깨를 지탱하며 실존하고 있지 않은가

인간만의 세상에서는
생과 사
웃음과 자본
그 경계는 무의미하다

인간만의 세상

언제나 당신은 행복하신가요? 이 질문에 "네"라고 대답할 사람은 그렇게 많지 않다.

인간은 실존적 불안을 지니고 살아가는 존재이기 때문이다. 다시 말해 인간은 존재의 불안에서 벗어나 자기 삶의 의미와 목적을 추구하려는 존재이기에 1차원적 행복만으로는 충만해지기 어렵다. 프랭클린도 말했지만, 인간에게 삶의 의미의 부재는 실존적 스트레스의 최고점이라고 해도 과언이 아니다.

그러나 삶의 의미는 이미 세계에 존재하고 있는 것이 아니라 살아가면서 자신만이 부여하고 발견하고 창조하는 것이다. 자신을 알아가는 과정이 삶의 의미일 수 있고, 자신만의 소신을 갖고 사는 것이 삶의 의미일 수도 있고, 결핍을 통해 가진 것에 감사함을 아는 것이 삶의 큰 의미일 수도 있다. 그러므로 인간의 세상에서 말하는 의미는 자신만의 의미로 삶의 원동력을 돌리는 것이므로 그 누구도 함부로 판단해서도 비난해서도 안 되는 것이다.

"인간의 인생은 이 느린 오지 여행에서 자신을 재발견하는 일 이외에는 아무것도 아니다." – 카뮈

나만의 해석으로 살 시간.

나는 걷고 있었고
계속 걷고 있었으니
어디로든 걸을 작정이다

나는 걷고 있었고, 계속 걷고 있었으니, 어디로든 걸을
작정이다

대신에 존재의 이유 같은 판에 박힌 물음은 침묵하기로 하고
이를테면, 디오게네스의 햇빛 명상 같은
감격스러운 세계만을 욕망할 수 있는 곳으로

속수무책 뒷걸음치는 과거와
켜켜이 밀려오는 미래, 그 안에서 나는
컨베이어 벨트 위를 박차고 허공으로 나를 내 던져본다

'웃프다'는 신조어가, 즐거운 피곤함이라는 고통 정신이
정당한 일이 된다는 것이 정당한 것인가
어설픈 규칙이 자본주의에 편입되는 실체가
정당한 일이 된다는 것이 정당한 것인가

궁극적으로 감각에 의존하며 욕망을 움 틔울 수 있는
세계로의 여행이
내가 지구에 온 이유일지도 모른다는 생각이 들었다

생각은 꼬리에 꼬리를 물고 온다더니 이내 걷잡을 수 없이
온 마음이 덜그럭거렸고, 작은 불씨 하나가 소용돌이치는
후폭풍과 만나
화염 속 불길이 되어 무섭도록 활활 뻗어 나간다

정신을 차려보니
나는 걷고 있었고, 계속 걷고 있었으니, 어디로든 걸을
작정이다

저 멀리 자신이 벚꽃이라는 것을 알 리 없는 벚꽃이
나를 보며 영원할 것처럼 손을 흔들다가 그만 사라져 버렸다

그곳에서 불편하기 짝이 없는 마스크를 눈까지 덮어쓴 채
남몰래 한참을 울고 나서야
봄이 내게 주었던 것이 느려진 시계만이 아니었단 것을
깨달았다

바흐찐 : 내 존재의 책임은 전적으로 나에게 있다.

"자신의 안쪽에서 산다는 것은 자신을 위해서 사는 것을 의미하지 않는다. 자신의 안쪽에서 산다는 것은 자신의 안쪽으로부터 책임을 지고 참여하라는 것을 의미한다. 즉 이것은 자신의 존재에 알리바이가 없음을 시인하는 것이다." _바흐찐 〈예술과 책임〉

인간은 제 자신과 일치할 수 없기에 자유롭다고 바흐찐이 말했다. 그렇다. 삶은 계획대로 되지 않고 나는 자꾸 미끄러진다. 그런데도 그 불일치를 안고 길을 걸어야 한다. 내 존재의 책임은 전적으로 나에게 있으니 말이다. 어쩌면 나는 내 삶에 책임을 지기 위해 살아가는 것이기에.

초판 1쇄 2020년 9월 18일
지 은 이 _ 송지은
펴 낸 이 _ 김현태
디 자 인 _ 디자인 창(디자이너 장창호)
펴 낸 곳 _ 따스한 이야기
등 록 _ No. 305-2011-000035
전 화 _ 070-8699-8765
팩 스 _ 02- 6020-8765
이 메 일 _ jhyuntae512@hanmail.net

따스한 이야기 페이스북 · 인스타그램

https://www.facebook.com/touchingstorypublisher
https://www.instagram.com/touchingstorypublisher

따스한 이야기는 출판을 원하는 분들의 좋은 원고를
기다리고 있습니다.

가격 10,000원